# 驀然發現

碧果詩集

# 序 一隻鳥飛過鏡中孤寂的空間

## ——摘自碧式語錄

碧果

感覺總有種黏合一股龐然而無法阻攔且幅射光與熱的液涎在腔內滾動，被無需抗拒下滑的吸力暴烈推動而滑入軀內深層某一幽闇處，等待。等待冬去春來。再度被驅出享樂與苦難的體外，而成飛。

所以，詩。是我自內心感覺的一種激狂。是鯨食語言意涵與風險。是辨證與解析橫豎的探索，使美挑戰美，而成為活的樂趣。成為或者。與也許的也許。

詩。是侵噬視聽的一切。使人、事、物，橫豎在風景中豢養。使過客絢爛的旅程穿越生命不安的浪花飛濺成夢，觀察喪失形體與變化的存有，產生迷離與不安的存在美感。——究其實，這種美使意象更加富有詩的質素。

我創作的喜悅。是來自那位由我出走之我返身對我所吐露的私語。頓時，即迸出意象語詞的火花，而生發出詩作獨有的用字遣詞之形塑；使世界蛻變為多彩流轉爛漫的境域，佐證瞬間視覺美感的效果。而創作的動念，有時乃自觀念意象的不安中萌生，形成疏離、魔幻、遙遠、迷濛的語詞；奇妙的是，也能使詩作彰顯出一種獨特的美感願望。——其創作原則，大凡在情理、邏輯、質素，掌握在確切的範疇內，對人、事、物，所引生的想像意象，無論是偶然或必然，遮蔽與赤裸，均可展延詩意的無限性，而突顯已知和未知之美感醞釀的樂趣。

詩人，一生思考的私密是如何使字詞始終於其內外的視覺意象高妙的想像世界內外書寫而成詩。

詩中的字詞（語言）應含容多樣性的圖像（形式），展現恰如其分的適當位置。盡管在同一首作品中出現同樣的字詞，但因其位置安排與企及的情境不同；亦可表現出，有其不同的象徵與隱喻的機能。所以，詩人對約定成俗的字詞，乃可超然的重新給予再「命名」的權勢與天職。

詩，是由感觀概念創作進行中，穿越抽象思維而產生意象，對事與物轉化為美或醜的形態；其實，這也就是作者自我的一種執拗與習慣。有關語言創作與運作，每位作者都有其自己獨特的怪癖與偏嗜，而這種習性使讀者閱讀時可能造成一種障礙；也許會蛻為一種樂趣，或者是嫌棄。無妨。也許，這也可能足以證明此刻讀者已經跟隨著文本在詩想所企及的山水中進入了詩的酣暢或苦澀的界域。故而也許就此墜入無可救藥的享樂或是魔障纏身的深淵。——這一切改變，均在其不期而遇之中無預警的戛然發生。——

一位執著創新語言的詩人，只要不刻意去做字詞之奴，他就必然是語言的「魔術師」。

詩，乃來自內在心象的想像與外在世界的觀察，所產生自我的美感經驗與人生旅程中的時空感受。——詩，總是巧遇在我視域的直覺中最貼近夢與現實的界域產生想像的時空，擴張為意象衍生的源頭。是以，詩的語言也就生發在這一剎那成為佈設詩的質素，且增生語言之張力邀約聽、視、嗅等官能支配內心世界，緊密的與夢和現實擁抱合一。

詩的語言乃是文字肉體之內外的一種對已知與未知事物變化追逐中的，輕重自量的，煉金術焠煉出坩堝中的告白。

詩的時空是跳脫的。有時它跳離我們面對的現實，而轉身又返觀現實。——但是，詩人最最無法跳脫的，是永遠被囚在內心的自己。——

「現在詩」的語言新穎、思維快閃、蛇行彎曲。旨在將文字與字詞拉扯出糾纏多重姻親相許的結合。而題旨多數在其弔詭與疏離中親近讀者。——在我來說，對文字語言是有

種貪婪的個人異質的節奏與欲望的膜拜和體現。所以

詩，就是自我的一部存在的印證與紀實。

詩的語言字詞絕非是孤立的。在作品中的語詞均應具有廣袤的多重意涵，知與未知的主客屬性。愛詩人應由自己的內外心象中做深度的思維去「悟」。因為，詩的語詞均是來自創作者有機而自主的私語。

詩對我而言，每一首詩均是以血肉、骨絡，心靈與魂魄絞拌而成的一種表述，內含我存活的焦慮與恬澹，緊張與鬆懈、淚與汗水。所以，詩人可擁抱一切，在現存在中轉化自我為說與不說的對應處境。（注意：我並無權要求愛詩人成為癡迷的共犯。）

愛詩人閱讀時，均應解除舊有習慣，使其獲得充分自由而不羈的在理性澄明中走入風景，其後知性的走出風景，相互融合與接納，開發醒悟的渠道。因詩的字詞多納入潺潺或湍流的活水而表現之。

意象在思維中的語言運作上，或多或少的均有其抽象暴力的傾向。但是如果有時意象語言的精準度不足，或欠缺深廣的密度，很可能造成抽象權力的低能兒。

詩的創作，切記不可有絲毫塵沙（虛假）的附加輔助形態。——詩，在我生存的序列中，等同於我之「生命」。

詩人，也是「凡人」。

二〇一三年一月九日孵岩居書屋

# 目次

## 卷二 美成聊齋的夜

## 卷三 夢見一頭剔牙的獅子

## 卷四 黑暗個體

## 卷五 驚悚的一瞥

## 卷六 巨大的寂靜

卷一

# 吐納在風景恣意的扭動中

# 驀然發現

束縛我的是我的空間
碗碟中、抽屜內、床第上
是被千萬個慣例組成的
一個龐然大物。之後

嘔吐而出的
是　一張椅子
是　一個坐在椅子上的　我
在一間明窗淨几的廳堂中
描摹自己的山和水
之後

重構自己
驀然　發現
曾幾何時，坐在椅子上的自己
僅是一只蟬蛻後的
空　了　的
殼。

二〇一一年八月十七日　聯副

# 空間之我與我之空間

在芬芳顫動的空間
反身回望
咀嚼著向春天借來的軀體
被新綠揉浸的公園裡
那機密識破的是一樹盛綻的紅花
卻使無法控制的自己尖叫著
破繭而出

唔　陽光下，有隻粉蝶在翻飛。而
我　也透明的化為　光。
化為　光之無限抵抗的

光。
啊，當下我已立身空間之外
頓然
反身回望
「怎麼？」
我竟
睡意人文的半裸在床上。

二〇一二年七月六日　聯副

# 歲月引力

由A到C的高度
是我想攀爬的
那株　樹

存在於我體內的
是我想像的
世界。

記憶是這樣的
走出虛擬的面對
我　以眼，體現

花　是豔紅的
依視、觸、嗅，確定其清醒
路
斷了。可以　下墜。再
上升。
一切喜怒均在加減笞記的輕重。
無妨，有朝一日，自得其樂
人
與
天地　共體。反正
我們都走在路上。

二〇一〇年十二月二十五日　聯副

# 字的戲法

對應自我之我
絕非　脆弱
因為
我已練就「一陽指」倒立的
神功絕技

對應自我之我
絕非　奧秘
因為
是句號前後的對抗。是　詩。
現已成為　當下。

當下
詩化之我，雖未超越自己
但　何懼遍體鱗傷。仍須
蛻皮　修煉。成為
你之我。或，我之你

對應自我之我
絕非　玄妙。
結果，是恁誰也無法作答
因為
我正烹煮自己為膏汁
診其　字詞沉痾的荒蕪
療其　文本的怠惰

二〇一一年四月二十六日　聯副

# 空了的括號也是一種美

他
與
他正在說著什麼

我
與
我 無論遠近都聽不到他
與 他的聲音

你呢？

唔
你　與你看著我與他
無聲的　似乎
也正在說著什麼
（　　　　）
浪花飛濺　　船醉臥
崖緣冥思　　以癲狂

二〇一二年九月二十三日　聯副

# 雨來之前

內容是滾動在遠方的雷聲
我卻閃爍在體內，為火的位置。因
窗外久久抽離的是　雨
而我依是以忍耐與愛為呼吸

窗外來回走動的是　雲
閒聊在譬喻中展示主題
犀利的辯者有時也會東拉西扯
因　雨也有其神秘的韻事

雨　未來
林中已在褒貶什麼了。
東牆也已為那樹紅花，發躓了。
妻　正由門外走進屋來
背影尚留門外
天光　頓然，黑了下來。因
汝　也老了。因
雨　遲早也會降臨的。

二〇一二年二月十五日　聯副

# 燈的探索

我在覓尋縱深的可見度
天空，土壤間的張力是虹的演出
顫抖在彩色中，所有
張開的唇均為　花的元素

而後
我們消溶在自我的鏡中
存有者，在遠處的視鏡裡
成為　燈。

燈　是安詳平靜的階梯
成為　攀爬。而
指引　張望。
使　前後左右的往事
配以翅的動力　返身
固守　自我。

二〇一〇年十一月十六日　聯副

# 想過之後

這該是參與。或是逃離
我完成在一句話語中
始終　與黑白真假接力
是以　翅喜於飛中抒述　飛

故事　是美妙的
花　在綻放中熱愛自己
邊界　不是天之涯。地之外
是我與陽光一起翱翔

關於　是非的問答
早已優雅為看待自己的無奈
坐在樹下之我
在對錯裡窺視對錯

最後，獨自步入一條紅磚小巷
一口香梨的汁液
活體而文明的順喉而下
裸為無法閃避的

美。
其實，活著，就是等待。
逗號句點早已齊備，其實
說了，也是　白說。

二〇一一年六月二十二日　聯副

# 現實在現實的內外——弔老友商禽

術語中的　光
總是在你的左右和背後
而有扇焦慮不安的　門
卻日夜開啟在面前

當你適切的引動上唇的笑意
那已是助動語的詞彙
成為
天河重複又重複了的斜度

門　既然是永開的
就進入吧！否
否。否。否。否。否。
這　也應該是
所謂：
出去。出去。出去。
但　絕非，逃遁。

二〇一一年六月三十日　聯副

# 海的啓示

你不要解釋了。
再解釋我就與你一樣了。

舞台上　僅是一張大網
我不會投身在那張網裡
所以　我化身為　風。

如此而已。
這就是　　我。所有
線條與色彩，就是你面對的

那座　山。
記述在你的雙眸之中
而　見證在風景內
效果是我已走出你的視覺
其實　我已被搬運
挪移到另一個符號的位置
與夢契合的站在這裡
看海。

二〇一〇年六月二十二日　聯副

# 賣夜的人

他或她
以　第一把刀，切菜
削梨。第二把刀，剁肉
殺魚。第三把刀，揮舞空氣
第四把刀
砍樹。第五把　刀
挖洞。第六把　刀
剃頭、刮鬍。第七把　刀
送人。第八把　刀
丟棄。第九把　刀

第九把刀，刺向天空
和大地。第十把　刀
第十把刀，跳樓、挖心　爆炒。
之
後

把夜賣給你。

二〇一一年九月二日　聯副

# 蝶的誕生

有人在走動
街景是透明的　醒著
各自有各自的形態
這是一方感受絕妙的所在

火　在你的內裡　燃燒
是隱匿不見的啟發。因為
故事的情節中
陰或晴，是肯定的
花的綻放是肯定的
你我的面對是肯定的

誰人飛翔夢境中
我卻被飛翔滋養在夢裡
在靈魂的深深處
孵化象徵與暗示　成為
彩蝶。成為
街景內外的　翩翩彩蝶
唔
有人在走動……

二〇一〇年十月十一日　聯副

# 我宛如一頁尚未落籍的文本

## ——記〈落日看花回〉謬思的星期五第53回

我居住在每個字的空間之內
因每句詩都散發出一股清香
那晚館內座無虛席
百花齊綻，枝葉翠綠

兀自　廳內亮、吟、悖、湛。
我宛如一頁尚未落籍的文本
攫住我的視聽
是受驚的風景，停格剎那
滿盈的香味　旋動著　自轉
而我　久乘私語之　翅
江、河、湖、海的挑逗　夢

落體自在的飄墜
以碧式舞碼，揭幕。

在蓮色的燈光下
舞槍弄棍。半晌　跳脫
以曲　產卵。
唱為小曲一段　撞擊

蝶　蛻變為　魚
且繼魚　轉化
為　蝶
產
卵。

二〇一二年五月十六日　聯副

# 這樣就完成了一個我

距離
是小巷裡一段札記的香味
像我生翅的字詞在飛躍
想佔有必須斬殺一些邏輯
成為妙悟的荒謬
這樣
就可以自在的離開。

所以
我聽見自己的　聽
也看清自己的　看。

這樣
自己就可輕為羽毛。

所以
那被狠咬一口的紅蘋果
也僅是留下一句想像的
瘋狂。

所以
引力自天空而　墜。
繼而，又自小巷的香味裡
升起。

二〇一二年四月十日　聯副

# 時間在牆上

屋外有風。屋內有你和我

門　永遠是起開的
感覺你臨在
有時感覺你悄然消失了。

發想長針是你。短針是我
或者　我是長針。你是短針
時間　總是在鐘錶的外邊轉悠

屋內的肉身
好似被什麼抓住了
那　該是夢。而
又不像夢那樣黏稠

哦　翌日
總算明白了
昂首看見一枚釘子
死死的被釘在對面的
牆上。

二〇一二年一月八日　聯副
此詩被選入二〇一二年台灣詩選

# 一棵樹

晨間　夢醒
在喜悅高於一切時
屋前山間
升起　一道彩虹。

究其因　也不過是
雲與水氣。陽光和雨
煞有介事似的
再加一個綻放動詞的頭顱
煞有介事似的結盟切入的逗點
而已。

遊戲尚未結束。因
在睡與醒之間
有棵枝葉獨特而繁茂的　樹
始終拒絕與之相同樣相的枝或葉
不是絲杉。也非胡楊。

它　是你。或我。
一棵
行走在路上的
樹。

二〇一一年十一月二十三日　聯副

# 吐納在風景恣意的扭動中

是我策杖站在這裡
每天清晨，絕對準時
我設局的目的不在輸贏。是
記述昨夜大床上的　風景
為此　我樂而不疲的漫步公園一隅
化約為轉喻的　風與雲的
雲與樹的　樹與鳥的
再次　轉喻為化約後的　我。

哦
如風如雲如樹如鳥的

肉身之腎上腺素凌駕於此
在其長木椅上好整以暇的
正襟危坐的進出太極
吐納在
風景恣意的
扭動中

進
出，冷熱自知的
太
極
。

二〇一二年十二月三十日　聯副

# 走音的歌

一窗人、貓、狗、鳥
在春的簾內愛著
鳥非鳥。風非風的
如　花開。如浪捲
野翻了。歌唱中的
蛙，在　在在在在在在在在在在在

在

等
你。

創世紀詩雜誌一五五期

## 卷二

# 美成聊齋的夜

# 街的一景——我與我的二元論之一

讀萬卷史冊，之後
站著，這棵樹是我。
睡下，那條河
也是　我。

坐　如青山
行　若浮雲。
這件事，我已隱匿多時了
但　絕未遺忘，或輕忽。

末了
什麼都不是。
僅想為自己做些釐清
但瞬間卻又什麼都是了。

因為
我早把自己定位在此
說白了，就是你我當下面對的
街　的一景

而已。

二〇一二年一月　幼獅文藝

# 空房子——我與我的二元論之一

一天
發現自己不見了
尋找　是必然的藉口。而
路徑　是我把所有的我
全部
搬運出去。

房子，空了。——
我　也空了。總結　是
反身，我又回到空了的房子裡

說也奇怪
整個人
產生了　火焚的感覺

四顧
空空的房子裡
還是，滿滿的

迅然
我與房子，竟液質的
亮　了　起　來。

二〇一一年一月　幼獅文藝

# 迷路的過客——我與我的二元論之三

走在路上
我是　一頭雙引擎的
一句回答拒絕的回答
展目　茫然。

時空就是一張大網
經過者，就必須投身其中
有翅
也難飛翔和逃遁。

因為
我們均是迷路的過客
或許　有道　門
會開啟，在燦陽下

久久——
是有道　門
開了。而

是否
依然陽光普照
或者　依是一張
大網。

二〇一一年一月　幼獅文藝

# 一縷青煙——我與我的二元論之四

詩　掩埋了
我們慣常的詞語。
因　它附著一股濃烈的敗葉
腐味。

場合
在一張張黑洞洞的口器中
吞吐。焚燃
自己。

痛苦如我者
應為表徵無瑕的
一縷青煙
躐升穹空，迅然
分解自體，為
一朵流浪他方的
魚。
和 一尾
雲。

二〇一一年一月 幼獅文藝

# 一尾會說話的魚

我所見聞的也只為自己的山和水
問答的印證均應在私我中廝磨
而山水的內蘊　在血肉。在根鬚
沉默。

是以　海與光互相閱讀　光與海
對話在隱匿中　　與魚相遇
因　你我仍為未完成的旅程
是以

花的言說以綻放與凋謝

起點和終點是等同的位階
因　遠近早已密布活體枷鎖
悲喜已絕妙無比的就範
風景任職成點、線、面
而
美　卻乾涸的張開嘴巴
啊
一粒麥子竟詩性的推開
向天空嘶吼的大門
屋外廣場形同自由落體
空空的　空著

一種　尊貴的容顏

二〇一一年十月　幼獅文藝

# 問的問題

空間以拓大至無限

幕起幕落
我依是端坐在角隅的木椅上
想要解構什麼似的。猿類
也在效仿。

季節挫折的被腐化了
卻與我們緊密的成為後現代
頭手貼切在百貨公司內外
行銷清倉的呼喊：

喝啊！

無法估價
也許　注腳在轉角的街頭
在萬千飄浮的眼瞳裡
在陽光與影子的匹配下
孕育出一句通關密語：

我愛你！

之後
揮手告別

二〇一一年十一月　幼獅文藝

# 物象世界

一覺醒來
我信步海邊　看海
海　若一面牆。
它。站了起來
而
待我轉身　　回程
且瞥見那面　牆
早已平靜為　海。

霍地
有隻鷗鳥掠過
我卻驚見
達爾文式的遠方，已是

一條
灰亮的　　線。
叵測　我入夜驟變為　　繭
之後
葬與不葬
我
均能安然入　　眠。

二〇一一年十一月　幼獅文藝

# 鏡變

是　你站在面前　看我
戲文裡　說
雨　落在鏡中的花窗外。

是　魚游蝶舞的。夜，在疑問
有張床，生出了翅膀
夢　肯定今夜會　飛翔。

因　巷口的路燈下
有人輕讀梁祝
直到三度空間

悠忽間
看見明亮的鏡中
我 正 騰 飛，破壁
為 光。成
鏡。

二〇一一年十一月 幼獅文藝

# 美成聊齋的夜

燈　明亮在山上
夜　很美。因
嬰啼四起而成　夜
聞聲辨位
夜　已美成置身仙道的界域

突見　一個端坐的人影
披髮　背對悲劇性的穹空

夜空碧藍墨綠
繁星宛若晴瞳　詭詐的閃動
無疑　是看見那人的　看見

那人
祈禱似的輕語著
與誰人交談著什麼時尚私語
剎時　風來了。雲來了。霧也來了。
那　人卻不見了。而

緣由，是他瞄準了一顆　星星
狠狠地　射向靶心的
吞吐丹火的
自己。

二〇一二年十月　幼獅文藝

# 樂在其中

我　已走出自體
看見　存在的自己

像一株開枝放葉的　梨
感覺果實墜落的香甜
這就是自我解脫的方式
醒如　先知。遠離　災難

驀然
驚見一個沒有自己的我之空體
成為　花與果的萎落

我會火速縮回空了的自己
餵養　四肢。餵養　詩。
使孤獨偏向豔麗。樂在其中

啊　遠方
有盞燈正在點燃自己
而　那閃入自體之　我
晃盪著，委身箭矢。且

飛也似的
奪門而去。

二〇一一年十一月　幼獅文藝

# 影子

我就是你看見的我
不說。 不能說
山　是山。水也是　水
只要赴約就可以揭密

世界　在我面前也在我背後
更在我的內裡
不說。 不能說
草　是草。花也是　花
因我乃以光為序，且　延伸為
召喚。

影子遠近均包含我為一體
成為　無之中的
空想之空想的　無。

無　因我於其中乃無中之
我中之　無。
不能說。
真的不能說。因由
乃天還在。乃
地也還在。

二〇一二年十月　幼獅文藝

# 春吶在墾丁

這個人
以歌聲與海洋為眠床
眠入
虛假無法遮掩黑夜之黑的
美與無私

翌日
白雲飄過方天的午前
他　像溫熱的陽光輕巧享受
花的綻放
鳥的鳴叫。而他

以視覺的肉肢
把鮮美活力的海與歌聲
移入腹內　之後
嘔吐成虹。
無論波濤洶湧或輕浪拍岸
當下，均為他面對的海。

而他，這個人　還在。
在花綻的鳥叫聲中
迷戀書寫　美與無私
以　發芽的詩與夢
進入虛假無法遮掩的黑夜之
黑的
美與無私。

二〇一二年十月　幼獅文藝

卷三

# 夢見一頭剔牙的獅子

# 夢見一頭剔牙的獅子——致「抽屜」先生

大白話一句。無須言說
春　以雨自陳蒞臨的姿影
脈絡　　是依花，從未缺席的證實

此刻　我走著，其實
我　正追趕我之外的我。
也是　　我內裡有個我正在追趕我

所以　花開了。所以
春　來了。原因

是　我乃一柱因生翅而被久已廢棄了的
煙囪。日夜嚷著：

喝啊！
為了與之零距離之我
我之內裡之我要我擒回外邊之我

所以
我　佇立在之前之後之間　凝視
匆忙的內外之我匆忙著　　疑惑

所以
我　夢見一頭剔牙的
獅子。

二〇一〇年七月二十六日　自由副刊

# 未知

任風吹雨淋
時空在敘述中　觀賞
步出童話藍的晝與夜
竟然八十寒暑的翻、滾、觸、撫
骨骼在各種箚記交流裡
一寸　又一寸的進入空無
下降。

下降為解放腰椎的狹窄
我正在以紅外線、磁場、微波

復健小腿肌之痠、麻、疼、痛
征服空氣。

昂首
總會抵達隱匿在時空之外的
那一日。成為
初始。並以距離　為回報

我
與自我非我真我或他我至無我
相擁相泣。而後
自　一粒溫熱的卵中
孵出　未知。

二〇一〇年七月二十六日　自由副刊

# 那被擊中者正是意興盎然的自己

一粒　麥子。
攫住我不放的是詩意抽芽的場域
時空糾結出一種香味
在香味中，我走進了意象的獵場
舉槍　透過覘孔
由準星尖端瞄出去：

砰！

啊

那被擊中者正是意興盎然的
自己。——

一隻
無翅想飛的
僅具肉肢的
卵
與
踊。

二〇一二年七月一日　自由副刊

# 夜是甜蜜無比的小獸

風與夜與　我
纏裹在黑之黑中
我已穿透夜之長巷　而
巷尾的一盞燈　是
我抽離肉身的皮殼。跪在
夜之瞳內　向夜　膜拜
長明永夜，使每一字詞

活化為
一尾　火紅的　日出。如
細讀一首生有肢體的　詩

使每一字詞均由我之瞳
進入我的內裡，吞噬我的臟腑
以及　那盞永夜的燈火。之後
嘔吐　成詩。自此
喜悅的饕餮我之骨血。
唔　此乃甜蜜無比的
一個不具視覺實體之我的視覺內
乃為

一隻　鑿窗設門的
前後。上下。左右
的龐然無限的

龐然。

二〇一二年九月十一日　自由副刊

# 是誰下的定義　黑是煙火之父

是誰下的定義
縱容空間擴大，實則縮小了許多
問題是我們都在痛中反常
綻放為暗喻的綻放。　瘋子
且　認同。

美
是胎死腹中的詩，或以詩的頭骨
撞擊飢餓的夜之空穹
而　淚灑大地。
之後

擁抱熱切而低劣的實存
使樓的尖刃，刺入夜腹
見證樹與花果的不幸和愚蠢，
因　嘴的場域黑　大　無　邊

是誰下的定義
名喚……世界
形成需要。或者

連接
詩
與　夢
想。

二〇一一年六月二十七日　自由副刊

# 愛之美學

是飲者的極品
樹中之風　在葉與葉之間　嬉戲
像手挽手的字詞。　一對戀人。
把影子擲給陽光

把話語收攏是床第之上的專橫
時間　已蜜也似的塗抹四壁
如萬千河流　舒張蛇的四肢
而後

發現　門，是開啟的。而後
紅著臉，連皮帶骨　走出來

是絲綢的　爭吵。
而後

石斛蘭兩朵　在餐盤邊緣盛開
舌　的絕活，在悅讀聲中
逃離現場。亂髮歌唱著飛揚
傘下是折磨成塵的名字

是吻。是謎。是擁抱。是愛戀。
是　汗水中　自喜囚禁的火種。是
是經典的敬愛。是　是
唯一。

二〇一一年十月五日　自由副刊

# 語言之死

聲音在四壁之間
不絕於耳的　迴盪
如　獨白在詩劇之中
挑釁　語言之死

殿堂如荷塘，豪華
一群無視聽的粉白臉　綻放
與一群流淚的桌和椅
喧譁　熱情似火

狂燃。
舞蹈與音樂早已走進場來
戛然　鍾聲響起
禿頭拍板的男高音：

「我們什麼都不是，僅只是
一群無毛的　猴子。」

舉目　燈光驟熄
殿堂之上，一潭死水

漆黑一片。

二〇一一年一月十八日　自由副刊

# 出類的空間——記左眼失明之一

某日，曦光乍現
我　獨自佇立海邊　看海
絢麗的海與滾動的浪花
我有種被拋入的感覺
是無法忍受存有的拔萃

這是龐然的臉譜。

這是意象的源頭。世界的脈動

這是誕生語詞的母體。　詩。

在　有無之間我不再徘徊。

瞬間
肉體抽離自體
與之　自遠而近的海相融為一。

久久，當肉身回返，霍然
發現　原有之我正孤立在隱喻的左眼之中
端坐庭院一隅的綠葉紅花的
樹下。藏身在漸盲的左眼內
享樂自囚的節慶……
花香。鳥語。清茶。躺椅。

二〇一二年三月十一日　自由副刊

# 與標題無關——記左眼失明之二

不說了。

也根本不用說
疫症在可見的路上
故事就是如此……

黑的。
白的。與
也黑也白的。之後
我們都在剪刀石頭布下　喘氣。

不過
自我的左眼失明後
左眼卻看見了這一切。
春。夏。秋。冬。

兀自
發覺，我完好如初的右眼
卻張望著

遠
方。

二〇一二年三月十一日 自由副刊

# 詩是夏日午後的亞當

多日以來
想說的
一句
話，是

在我感覺裡
太陽和月亮
都有濃烈的
性
味道。因

懸而未決的是行雲或水流
千萬
做　那件事，別像隻
巨鱷。全裸

當一群犀牛
剛剛抵達十字路口
四顧茫然
這該也是個超美的
夏日午後的
答與問。

二〇一〇年六月七日　自由副刊

# 嬉戲・二〇一一最後的一夜

夜
是熄燈之後加重黑度的解放
時空內所有符號均窺探著我們
恁誰也無法辯解被縛的
形體。

而你的臨在
在我閉闔的雙眸之外
叵測
我卻能澄明看視你溶入溶出的
聚

散
與
散
聚。

翌日
曦光依然是絢麗無比。

二〇一二年一月十八日　人間福報副刊

# 之後的之後的之後

透體而過的　風
已使我感知加入的狀態
也是今晨的一切
沉淪不再。不再支吾。
我們均是自己的門窗之外
的　風和山。的山和海。的海和浪
的　蟲。魚。鳥。獸。的
人。之後

之後　是
愚蠢。飢渴。花饞饞。彩虹。

宮廷。惡魔。本能。
魂靈。之後
一種憑藉放鬆的浪漫。之後

之後
冥然在　黑。在　轉身
磷光
閃閃。之後
重要的是前戲和後戲的
之後的之後的之後
在　花綻的感覺中
在　塵揚的一瞬間。
感受回返母體內那片冥然的
汪洋。

消弭殆盡。

二〇一一年一月十八日 自由副刊

卷四

# 黑暗個體

# 來者的獨白

一方肢解偏見的穹空
時陰　時晴
這是脆弱的星期天
我毅然緊閉朱門
而　美，在花中

待朱門輕啟
閃身而入者，已是焦躁的星期一
而經幾度吟唱與哀傷的擁有過後
僵體的星期六，正被抬了進來
最最裸裎的應該是　詩。——

於是，善、惡、笑、淚。
入籍教條居所
雞、鴨、魚、肉、酒
柴、米、油、鹽、茶的
吵鬧。因

我乃　蠕動中千萬條蟲的
一
條
蟲。因
美。
返身　巡我。

二〇一一年一月二十九日　華副

# 荒謬點燃在自己的意象裡

這種　癮
從來沒想過戒掉它
把時間與空間的手腳綑縛
高談闊論，大啖酒肉之後
一支在手，雲霧奔騰
打開門窗
許多個我，也跟著飄了出去
越高越好。天空是朗朗的
看看我想看的　一切

我　笑了。
在　喜與悲的極致中
隨著一滴巨大的眼淚，串過陰霾
驟　墜　而　下。

而猶若玩具之我，聰靈或呆癡的
坐在窗下案前
等待　另個妥協的情節
通過橋段，再次
發酵。

二〇一二年五月二十九日　華副

# 我與斑鳩

我無法越渡疼痛的邊界
腰椎壓迫神經
使我右腿跛行

初夏的一個早上
推門
驚飛正在覓食的
一隻斑鳩。

無意翻開
自己的史冊
發現有段內文蹙眉不語。

唔　飛入樹叢的
那隻斑鳩。咕咕。半晌
牠也許在求偶。抑或
為了蹙眉不語的那段內文
在　罵我。

二〇一一年四月十八日　華副

# 推銷員之死——給學史的一位獨角獸

他　自詡為上帝
坐在高腳椅上，體態靈巧
口沫横飛，時而放蕩失衡的
說：

——我　是這棵樹上
獨一無二　熟透了的
蘋果。——

唔

這　僅是一則高明的謊言

生死均在矛盾之中的密謀中
密謀　如何遮掩自體的
醜陋。

其實，他早已經死了。仍
在自己的影子裡豪奢
將現場肢解之後，痰也似的
在害人與受害者的定義中
等待
下葬。

二〇一二年三月三日　華副

# 獨步北投

某晨
我獨步北投街體的一條窄巷
溫泉的異香，徘徊於我之通體
且　不停的言說。陌生不再
而爆綻街角的一株　櫻。迷人。
成為導引。

答案　是共享你我圈中的暗喻
一切承諾與誓言，均在劇目中
進出。

超然的繽紛在窗內發生了
肉身與市招在許可的獨白裡
使生命巧妙成滿溢的午夜

之後
萃取櫻紅的繽紛
而使形容詞閃耀為動詞
之後

我依然步入文本。之後
依然獨步北投街體之上。

二〇一二年九月四日　華副

# 當愛介入

天河已斜，混入了幾具不潔的肉體
熱切的我，捧起雙掌承迎你
以心臟為豢養的寓所

啊　請飄下幾枚核彈吧
而活力十足，且排除憂傷的是　家
家　是詩立方的魂靈。

當愛介入
別再剝皮。手法溫柔多剝幾層也不夠
可否讓時空延展為巨大的喜樂

聲音遞由四向的底層傳來
還我們以金、木、水、火、土
因淚的回憶已越及頸項
紫堇花依然在春天綻放
美啊　美在當下
而膨脹上升的是哭笑與無聊
而所有人們均已進入了蛹夢之中
軀體蛆蟲麇聚。遍佈瘡痍
可笑的是　我還活著

哈哈　更可笑的是
是
我們　都還活著

二〇一二年七月二十日　華副

# 黑暗個體

黑　臨在，之於夜
夜　臨在，之於黑
黑夜　臨在，之於肉身

自己在自己的內裡，嘶喊：
誰在這裡？給我　光！
我要出去！

久久，在折返的迴聲中：
向前　向後
左、右、上、下均可出去。——

唔
你是誰？——
我 就 是 你 自 己——
哈哈
我只好把眼睛睜開
如 陣微風。不經心的
流散的
走進晨間的公園
尋覓另個臨在的自己

二〇一〇年九月三日 華副

# 時間

擺脫無門
那傢伙總是根性的黏著我

街景遠近均為常日的街景
每位移動的人，酷似游走的一把鑰匙
焦慮的設法開啟匆忙的自己

而在共時發生的事件中
浪漫的華美，為正面的擁抱
一個空間感官的行為

繼而　延伸。所以
我在立姿中覓尋自己的輕重
因為
問題
是　他老了。抑或
他
永　不　會　老。

二〇一一年十月十日　華副

# 詩性空間

時間向頂層聚　光
沉靜而安寧的是將抵而未達
的一瞬。

故事初成胚胎
安置戲份，在呼應的遠方
擱淺。

終結的方程式，不在移動與對話
而是匹配你的那棵　樹。

因你已端坐在樹下
漸入佳境。

夕陽美在開胃的　紅
快感是拉高被醺然的存在
且　回眸，陶醉在鏡中的
蜜與酒。

直到拖沓的走出長街
哇
赤裸　是一望無垠的
兩面。

二〇一一年二月一日　華副

# 複象之海——記墾丁春天的吶喊

門　未掩。
像花一樣綻放
張牙，像　花。
舞爪，像　花。
藍面之　海啊
海是人間豢養的電臀寵物
每朵浪花張開小嘴，在岩岸上
叫喚。

門　未掩。
在受孕的浪花裡

眼睛、鼻子、耳朵、嘴
與　夜在夜中飛翔和奔跑
縈繞在花與海的氣味中
敬畏的音符與歌聲在體內
成為一種敬畏的　旅程

門　未掩。
故事把海給了我們
我們已有海的四肢和顱顏
滿溢腦殼的是浪花
浪花完成我們的　是
春天的　海。
門未掩。

二〇〇八年五月七日　華副

# 無題之題

我　站在這裡
是棵槭
和　楓。

躺下
是條　河。
坐著
是　山。

走著
是 風。是 雨
也是 路。
因為
在 你的瞳中
我
早已成形
（也許，你不願說。——）

二〇一二年一月五日 華副

# 蛇人——遙祭國際舞蹈大師碧娜·鮑許

整日一襲黑之素服
菸不離手，口不離菸的
懸墜在思考的巔嵐中
旋轉一切為　蛇的，碧娜·鮑許
歲月疑問在肢體語彙裡
獨一無二的你，默然的
在聚光轉暗的舞台之央
溶出。溶進。溶出。
終生成為一個問號的符碼

哦　你是　蛇人
不要問我為什麼？你說。

因　問題就是回答的自己
也是　回答的我們。

是你
使舞與劇的骨血沁為一個界域
在詩的自覺中顯現母性
致極的把水植入舞作　把滑梯植入舞作
我們已能得見你的隱匿事物的內層
在以問題延展的舞作裡
靠近我們的是你，而
我們　也永遠的
靠近　你……
碧娜・鮑許

二〇一一年十月三十日　華副

# 我的眼睛

夜裡
像兩盞　燈
陷在深深深的深遠方
忽明　忽滅。

想是空間全部留給　黑
因為　燈的關係
在視性現實的內外
介入　美。

一直被隱喻為窗的替身，仍在
仍在圖謀一則　光的故事
瞳仁是橫是豎均可，在
我的臉上

成為
兩尾　活靈的
飛魚

二〇一〇年二月二十六日　華副

# 白

醒來，曦光氾紅。在身的內外
天的指標，不是偶像。是骨。血。心。
不以淚祈情愛。而是以淚豢養。以光
燦爛顏彩。山水相連。聚守田疇
鍾愛面對。習大小。慈航
樹成蔭。一切通暢。普渡，去返無曲迴
曲迴，在頓悟。在靈妙的承擔。
在行者。顯現芥、塵的重在輕中。喧嘩
透印水鏡，可使你我親識見與聽的無痕。
悠悠然，風和日麗。字裸。語裸。白。
白為純潔的無邊。海，吶喊著上升
非夢。地嶼把你我托起，拯救

微微移位的星圖和指紋。
因白可使白擴展為款待。為芝蘭。
為岩榭。為晚餐。為
殿宇金碧的騰飛。簷鈴叮噹。芬芳
在心的底層燃燈一盞
經典氣與氮。老人與幼童。入鏡詩畫
而成虹。是當下。
是路，必觸及遠方。是
曲鳴。雲開。魚游。蝶舞。
繽紛縱橫。為開。關。正。反。升四音
阿　彌　陀　佛
哦，山在。水在。你我。四季在。父母在。
白為純潔的無邊。為　認出的蓮。幽香。

二〇一〇年十二月三十一日　華副

# 人

充斥著，我們靠近
的　一句話，
在此　留下來。
門

是開啟的
除了微腐的味道
什麼也沒有。
而
這種味道，恁誰
也不能忽略。

因為
可以三百六十五度反轉的
是
我之顱顏。因為
我們就是　因為。

二〇一二年七月一日　華副

# 生之秘密

左轉右轉　需邏輯的孕生
反與正的視聽出入和秘密的
在　與不在。始能抵達花的開放
美的喧嘩。之後
哭著。笑著。

反身
出。或
入。

二〇一三年春，未發表

# 卷五

# 驚悚的一瞥

# 肉身習題

是狂熱的　愛
他一直在　想

人嘛，要嘛做個獨一無二的
你　和　我。或者
一張國字臉做個平淡無奇的
自己。

有人　逃亡在文字裡　升起　滑落
說穿了，都是虛假的存有
而後　實存。所以

他一直在　想
人嘛，要嘛是一張國字臉
做個
平淡無奇的人。　或者先知。或者白癡
或者
做個
世間鮮有的獨一無二的
石頭。

二〇一〇年　新原人春季號

# 肉身劄記

每一葉片均為樹的口器
在陽光或風雨中吐納

一如既往
我之居所，就在我之內裡的
裡邊的　裡邊。
在　所有葉脈中活著。思想。

裡邊
晝有陽光，夜有燈。
更有　蟲　魚　鳥　獸。

我們共生共存為　肉身。
趺坐在呼與吸之間
醒觀
深深的　裡邊
的
肉身。

最後
僅剩下　一抹微笑。

二〇一一年十一月　文訊銀光副刊

# 驚悚的一瞥

我看見一個我
從我的體內逃走之　我
在斜空透下來的一道光束裡
迅而　被光精煉，且萃取
為　一樹燦然的

紅花。

唔
是一位匆忙擦拭汗水的男人
在炎炎夏日小巷內行走著
那　驚悚一瞥的剎那

絕決的
無絲毫加或減的
擺佈　對與錯
總的來說
此乃　實存超前的一刻。

二〇一一年十月　文訊銀光副刊

# 你在我視覺之內

你在我視覺之內
是 房間、是 街衢、是
外在於我的一切

時間久了，我們好似就溶在一起了
感覺也在空無中空無了。

詮釋在不同的詮釋中詮釋
佔據 也被混淆了
形成為一切均在滾動中
而濃稠的汁液，以

超音、超光的速度
形成　旋渦狀。

啊　我仍站在廣場之外
如蛇蛻後回歸的視覺
你　依然在我的視覺之內
有人　徘迴、追索、疑惑
有人　卻生翅而　翔

有人
迫切趕來
藉吻姿而交流。而
消溶。

二〇一〇春　新原人

# 因為我們同屬一個乳名

呼吸　新鮮空氣
因為，我們同屬一個　乳名：

牡丹。
窩心的　笑在陽光下。
餐桌上　是燃燒的　山和水。
孤獨不再。出人意料的　是
扮鬼面的　咀嚼。

咀嚼為
姹紫嫣紅的

一縷
柔柔的　風
旋過微沁細小的汗粒。成為
俯首
在　花蕾之上的　我們。
因為　手輕輕的為　風
風　輕輕的，為柔柔的　手。

之後
是　分泌腺上的
後後形上學的，不可爭辯的
預設的
幽香。

二〇一〇年春　新原人

# 在春的空間內切片

一朵　櫻
在春的空間內切片
碰觸了春的引爆
成為山水間對話
是以　風以柔指玩弄整街燈火
觀念由一搧開啟的窗走出
突兀的　床笫就牽扯出偶然的
達達的形式

誰說　不美。
哪怕僅是片刻

世界已夠真與善的無瑕。
紛紛的細雨才是交鋒的對手
無須對質
史無前例。
動人心弦。
密碼　就是當下
哺育哲思的活水

二〇一〇年春　新原人

# 趕赴另一面鏡中的饗宴

冬至
我把軀內的花草還給春天
把孤寂和想像租賃
給　空了的　殼。
為何
我　還是活的？
恁你不信
我在等待。我在等待著等待的　滋味
是　夜半　雲月的奔馳
夢裡　跳躍的　飛翔。
這種滋味　　關連著一種穿透。一種擄獲

之後　轉身
趕赴另一面鏡中的
饗宴與案情。

二〇一〇年春　新原人

# 在至高至尊的時刻

儘管你已觸及生命之　火
我也不是你的摹本
不以翅為封面的我
正舒適的坐在這裡
結案　也未孵化成　蝶
人啊，應該主宰四向的荒謬
從心底釋放潛伏已久的自我
他應是一尾逆游的　魚。
當下，實存
我肉身就是囚禁我的　海洋
波瀾驚天，揚帆在子午線上

而景物均會消融其中
且 每一滴清淚均在世界迷醉中召示
不朽。
在至高至尊的時刻
淺酌
自己。

二〇一〇年春 新原人

# 火為東籬之菊——兼致 愚溪大師

當自塑之我已成形
你乃在外外之外來
笑在蜿蜒曲折中，艷陽滿顏
輕風如你。浪花如你。
我 無懼
因 詩為罪罰。且 焚我如 火
火 為東籬之 菊。
菊 是我終日趺坐的靶心
等你千百年
在悲喜中 審視大啖自體的自己
字為奴。語為僕。待箭入靶心

疼在心肺，為微笑。是以
是一片藍色的海是一片綠色的冰鏡。
是一片碧色的天是一片純青的虛明。

註：尾兩句詩摘自愚溪大師名著「碧寂」第十六回尾句。

二〇一二年八月　新原人

# 蛾說

勃然。
他
是　活的。

我們也無須追究
他把夜撕裂
在自體內尋覓　光。

唔
是有盞燈。在遠遠的山上　亮起
蛾說

因 被解放的夜仍在被夜解放
恁誰進入咀嚼
都像切開一個梨子
甜度縱情，也非答案。

我們何須追究。因
以日月精華修煉的他
吞吐元神真火。尚未自如。

想
飛。
很
難。

二〇一一年四月 文訊銀光副刊

# 虛擬的空間

是否為了做夢
南牆下，一株
桃花使春天涵納的如此完滿

是否為了做夢
時間在奈米的一瞬，反過臉來
二大爺已掩門而眠

唔
夢的形式與內容全部凍結成　夜
由是，任何活著的燈盞均不可列罪

翌日
二大爺立身在面東的赭岩上
心喜的凝望著海天處的曦光

叵測，夜與夢混為一體的二大爺
已把自己肉身盡數傾注為　海
而遠方，空著的位置，仍是

夢　如獸。

二○○八年八月　文學人季刊革新版第二期

# 我是……「?」

翻來覆去，理由反覆
仍不解自己與自己的
距離
遠，或是
近。

睜著眼睛
我在心裡邊看見
若干年後，雲淡風輕時
有人，在談論我。
無所謂　無所謂　無所謂……

褒、貶、毀、譽。
站外　那揚起的手勢
就是　答案。

叵測
還真的有人　看　見了
今天的我。是「？」——
？松。？鳥。？河。？魚。

其實　我早已知道
端倪　在風景中
我
仍是一位尋找字詞解藥的
浪人。

二〇一〇年十二月　文訊銀光副刊

# 順其自然

我以陶醉的形象
在凡常的距離，參與
嚼著春餵養的身軀
纏浸在陽光下

所有的可見物均伸出手來
攫住我被萬般的感受
而　於交往中
盡數在自由自在的奔跑著
歸順為變身的　他。

此刻
我僅為了文字詞語
已使其皮肉忍疼紋出山水遍體的折磨
推開門窗依然可見方天湛藍
因　我從未騙過誰。

你呢？

你已成為我內心深處
那個不是我的　　我。

就這樣故事早已進入了鏡中
終日，我在詩中等待著：
不說。

二〇一二年四月　文訊銀光副刊

# 生之空間

其實，他沒有在笑。街衢的
終極，是他在哭。因為
事件是面前景物衍生出：「為什麼」
的問題。那也並非偶然的
瞬間。——
是留下，還是走出？
虛實優劣立判。的後設
加減乘除。解題
應為千面鏡映出往來
穿梭的軀體，均在自己的遺忘中
遺忘。

二〇一三春・未發表

## 卷六

# 巨大的寂靜

# 巨大的寂靜

一朵艷紅的花綻放於晨間
如果，訊問我今日的情節

其實事件僅是晴空萬里
一輪淡白的月　高而遠的尚未隱沒
但引生而出的乃陳述日復一日的
一如既往的　活著

活在獨白裡。成為
海與島的模樣。成為

晝與夜的
獨白時空的
獨白。

文訊銀光副刊三二四期

# 在哭笑不得不的慘境的高貴裡

危險閃爍在無法突破的內頁
虛空僅成佔據
只一瞥，早已超越倒數的途中
如　肛裂的一篇斷章殘段
我們絕非缺席，而是
翌日的日出。見證者
為雲、雨、山、林，岸與海
全然，面對我們

在哭笑不得不的慘境的高貴裡
門前嬉戲著一群稚童

花　也不得不的綻放牆外
紅著。看
誰為我們此刻之神祇
杯皿顫抖在空裡
匯聚千萬張開嘴的黑洞
等待　由內腔伸出樹之枝椏
狂呼萬歲。
活水不可動搖，禾苗無權斷言
孤獨至上的春秋啊　我們已敞開
先於乾涸的自身。日子
附著足踝的是祖靈，締構
血肉的皮囊
由是，獨木之舟
往返之吹箭。鹿奔豬嗥。就是
生活網絡。喜悅與哀傷

均可舒張與消沒
由是，我們景仰殘缺與破碎，因為
我們發現了我們的發現

故事已在清醒中轉折，承擔
沉甸甸穗實傾注為述說。傳遞
起來吧！詩的族人
一位受傷的獸　我
是新穎的祭品佳餚美味
肢柔姿雅，神韻獨具的　大書
敲開　我們的共相
葉散、花開之後，完滿
我們修煉的　修煉。

有時醒在自己距離自己很遠的地方
還魂時，又宛如與自己併肩而立
這應是關門與開門的事
相遇在劇情中
進行　屬於夜。屬於窗內的
反思。反思　在挖掘。
內裡，總是有隻手，向自己召喚

唔
人化了的椅子，全數空著
全數的空椅子，更其人化的
動了起來。跳著。舞著。
舞著。跳著
也沒有什麼不順暢
像貓這個名詞。形容詞。或

間 葉 枝 莖 一 在 開 花 紅 把 以 可 是 詞 動

扮演　我們。其實
掌聲就是這樣誕生的
美的
錯誤。

二〇一〇年春　創世紀詩雜誌一六二期

# 衣褲之說

急切的需要一陣　風
滿足自己巧妙的一種扭動
完成儀式般的回答。
而四肢浸在幽香裡

唔
原來，是株盛開紅花的　樹
立在面前，看我

我跟昨日一樣
蛋青白的短衫

和
一條
藍不拉機的
牛仔褲

「喂！」
背後，有人在喊我。

反身，回望
對街樓上，魂魄般的
亮起了　一盞
生了翅的
燈。

二〇一一年夏　創世紀詩雜誌一六八期

# 打開門窗，看看天空是否還在

打開門窗，抽屜與箱匣
人人都有套說詞
事故的原由　是
飛出去，看看

看看天空是否還在
挑戰　光速。

光速在想像中形成的數字
最終會序列為花開富貴，四季發財
這，風景很美。不過
美的有些嗞血了。

待事端過後
誰還管誰往哪裡去藏匿
一場遊戲而已。

妙悟。
！
？
妙悟也無法生出雙翅來
結果，是
你，我，他
誰？

愚。

二〇一一年夏　創世紀詩雜誌一六九期

# 嘔吐第一首：在鼓聲中成為鼓聲

秘密
是回眸幾秒，就離開。
左　是天使。右　是撒旦
夢與萬種左右　在左右中煎熬左右
此刻　美與哀愁有了傾斜
想走，很難。
我以凝成一滴清淚，入座
在歷史呆滯的目視下
在枝枝葉葉間，紫為鳶尾花

如色香味詞語的　人造無聊
如他鄉過客，午前通過斑馬線

因白癡正「表現主義」的派出連連哈欠。
俄而　內心一聲暗笑，幸運的推我一把
奪門　而出。

陽光破雲。普照大地
成群的浪花，滾成可笑的撕扯
且在遐想上下，狂飲月光奶茶

之後，我們如成熟了的果實
之後，我們消失。之後，我們勃勃成　芽。
僅把血肉留給廣場上的

鼓聲
激。緩。不定的　支撐下去。

二〇一一年夏　創世紀詩雜誌一六七期

# 嘔吐

第二首：美在風景中尖叫

終於，找到了。
（誰說，飢腸　轆轆。）
於
寬廣。
於
狹窄。
萬匆匆忙轉身，化　風而逝。
釋放狂想的光與榮耀

應把自己自傷口處進入
只留下一滴
淚。
全部歸位
使赤裸的風景為
飄。
旋。
沉。
浮。的
美

因
曲折迂迴，均隱於你我體內
享盡　榮華富貴
待笑看楓與槭的枯葉

氣喘吁吁的，趕赴另一場盛宴
映為水的波紋
為　你我都曾遇到哲味的論述
這已是入秋之後的事了

所以
你風景。我也風景。
是
出自無二的詞彙。
是
無藥可救的

美成
尖叫的風景。

與
風景的尖叫。

二〇一一年夏 創世紀詩雜誌一六七期

# 嘔吐第三首：舞者。亢奮的拼貼

在　蠕動中

是　千萬條啃齧自體的　蟲
亢奮的在酵母的邀約中
魑魅在結局前的　場域
火一般的　舞出
斑斕美學的邊界
勾勒　自體為神的　膨脹
引發悲劇情節。

效果
是　四肢邪惡的撕扯。

是　可悲的窩心。
是　鬼臉的陶醉。之後
街燈半明半暗的　咳嗽。
如其斷了氣的　河燈。
岸上已空無他物

舞者呵
顱顏行屍般的垂著
氣派與假面不再優雅
他　掙扎在拖累精血的口中　嘔吐。

嘔吐！

嘔吐？

二〇一一年夏　創世紀詩雜誌一六七期

# 由捷運站走出的一縷風

有則隱藏的故事
為求解脫
我活著，就是要活在你們的內裡
所以，我是　風
在所有的空間內
你們都與我一樣
忙碌的尋覓一個出口
使夢擴張而後釋放
如流質般走入街衢、市集
在湖、江、河、海中
消弭殆盡。

戲也就結束了
也許

也許
形成浪潮
沒完沒了。

二〇一一年秋　創世紀詩雜誌一六四期

# 北市東區

她
走在北市東區
東區　宛如一張冷艷的　臉
而我　正縮進自己的眼睛
看　腳下坑洞的深淺
暗忖
那　越獄人
如何在脫逃的距離之外
想及　採菊的　手。
案情就是如此
筆錄上，有鳥、蝶、雲
形成一陣旋過街角的　風。

繼而
一雙生翅的黑眼珠
由警局　奪門而出
如鳥、蝶、雲一般的
飄升了起來

她
卻在自己的眼珠中
也　奪門而出
如飄升了起來的
鳥、蝶、雲……

二〇一〇年秋　創世紀詩雜誌一六四期

# 目擊者

為了看一片葉子的
墜　落。

昂然　如我們
已站成一隻脫了毛的猴子
格局　在一張椅子上
原則　是攀上攀下的
翻　轉　蹦　跳的
自己演出自己

故事是形而上或形而下的
凝聚成有山有水的　風景
結論
是什麼事　也沒有發生
為了　看
一片片葉子的
墜　落。

酷刑
就是為了　看：

二〇一〇年秋　創世紀詩雜誌一六四期

# 轉身就是春天

種籽在了解與不解的意義中
萌芽與枯萎
總結　在骨血內睡與醒

沉淪的　都在做　夢
支吾的　都在遮蔽自己
劫數是　都在攀爬階梯，或下滑

舞步，就一去不返了
因　接近吼叫與吶喊
沉迷在動物的檔案內

絕非偶發，也無從抵抗
可笑　是又向原初索回
原初的　可笑

穴
和
皮毛。

二〇一〇年秋　創世紀一六四期

# 焚寄，安德烈・布洛東

把自己
放空
使答案
延伸的紫羅蘭
進住
靈魂的深處

這些
都是後設的生命
一望無垠的海洋

是你內心異次元的
世界
紅色幻覺的
情節中
浮現出來的
是鄉愁。
是詩集的封面。
是走出電影院的午後。
是淨空冰冷的
街景

哦
你已發現走在街上的
是　你自己發現的　自己

一株年逾古稀的
然後迸裂空爆而紛飛的　青松
哈哈大笑的
是燦然聚射的陽光

漫天彩蝶
翩
翩
是一望無垠的海洋
「你　你為何總是與你自己　賭？」
因
心中已有了先在的字詞

日 夜 窺伺著我們。你 瘦骨如柴的
說。

創世紀詩雜誌一五五期

# 二〇一二年・秋，凶手

生肢的語言在街角
場景在不斷撞擊中切換
摺疊狂熱的表現在視覺中衍生
乃　現實左右的烹飪
脈絡舒暢，百骸皆通
四季慶典似的咀嚼島與海洋
半晌
故事大悟的衝出瓶口　喘息。

昂首，為蔚藍的方天　與
火紅的街景。猝不及防的

轟然　一聲巨響
塵揚中　手執尖刃的盔甲人倒地立斃

剎時，塌天的喧嘩：
「凶手！」……

一幕操弄壯麗而巨大的
塵　落

塵落為哭中無聲之
哭。

二〇一一年冬　創世紀詩雜誌一七三期

# 「〇」的內外

當一切為滿溢時
白晝與黑夜。生命
工作與責任。意義
喜悅與悲苦。上升與下墜
字與字，語與語之語字。早已
成為
一張張　張開的大嘴
黑壓壓的深中之黑的
大
嘴。

這裡
是通往存有既成詮釋形上體的
死
與
生的。終　與　始。
在　歡呼萬歲之後
乃哭。乃笑。乃
無聲之
無聲。
乃

二○一二年夏　創世紀詩雜誌一七七期

# 蝶變

紅舌加乳水在支撐
進入 黑、白、黃、赭
方、圓、遠、近的
幽暗中，有其蜜糖的藏匿
揭露受難者
破繭經驗。

路人
甲乙、丙丁，均不重要了。所以
狂喜。且
與
悲劇混為結局。因為

這是
不聾不啞的
顱顏、手足、身腹永生的
蝶 的
淌流不息
的 大河。

（唔，大河
是我們永續祖輩們
穿在腳上
的
鞋子）

二〇一一年春 創世紀詩雜誌一六六期

# 日暮之夢

敞開肉身
所有景物披頭散髮的向我走來
我就是那浩瀚無垠的　海

入夜
有月伴著　回家
門　早已洞開
屋子裡
燈光下，你我的身影
幌動著

渴望是盛滿整間屋子的睡眠
等待日出
潮水閃著金光

不是奇蹟
又見有群逆游的　魚
日日，頂浪前進

喜悅，有時來自無奈
因我把意念化為一隻翠鳥
豢養在心裡。此刻

牠，飛了出去。——
當然，還會回來。
此刻
我　也正策杖入林。

二〇一一年夏　創世紀詩雜誌一六四期

# 魚與夕陽之辯

結辯之後，乘車而去
火　自我們的眼中　噴出
化約　一尾
游入我們體內的　魚
原由的終極，在
春魂中的
紅花
與
綠葉，逸出框架

一拳擊中迎面的來者
鼻血漫爛
弔詭在駭然一瞬間
上升為
破涕為笑的
滿街酒香。

閣下，你是誰？

唔
門外，久立的　是
一雙驚恐萬分的　眼睛。

二〇〇八年夏　創世紀一五五號

# 一種憑藉

燃青燈一盞在內心的深處
飲百穀之津而續存
聚散枝葉美醜於一身
以詛咒為依歸，充填血肉
發動剪刀手技，譜一曲絕唱

品茗。觀山。
望雲之　面海。而
門　均是敞開的。
我　枯坐於斯

等
你。
（這些瑣碎，均在
你我的心裡
養卵
發芽。）

二〇一二年冬　創世紀詩雜誌一七一期

# 字與字我

猶若綻放中的花朵
其實我與我們都空懸在球體之上
他　向前奔去，遠遠的成為
極小極小，小小小的黑點。而
他的背後卻是我與我們迎面
巧妙現出的　是
冥想也無法切分的輕與重

哦

是　微風。是　細雨。是
一具活跳的肉身。展開

是展開完成粉末的展開
是我與我們猶若綻放的　花
一朵。是
下一首十四行。追逐
字我之　字。和　我字之　我。的
閃光。或者
純粹

空著。
空　空　空的
空著。

二〇一二冬　創世紀詩雜誌一七三期

# 後記

詩人。是一位思維敏銳天賦逾矩創新自我輕狂的天才。但，也是一位靈肉解放，自食自體，心花朵朵的白痴。

生命經驗是我創作以「人」為基點的心智與定格。因為與我創作發生關係的是「人」的一切。也是自我存在的一帖藥到病除的自娛良方。是以，我不必在任何派別、主義的夾縫中以苟延的表現證實我的「名分」。

詩人。要役使文字語詞為「奴」。絕不作懸絲下的偶人，而是主控文字語詞操作懸絲的統籌的操作者。因為，我激賞獨創，厭棄模仿。企及開設一間碧式獨此一家，別無分號的詩的作坊。作坊四向開設門窗，誠懇歡迎愛詩的貴客蒞臨。並請不吝嚴加導正。越毒越狠為佳。我心視此為對自我的一種「加持」。

詩人。要與光陰同在，追求感官經驗與邏輯思維的融合，並抽離自我為觀賞者的位置，給時空最美的風景，且使美與醜的現實即時省悟，而享樂當下所有的景與物為榮。

詩人，所等待的是一掠而過的花綻與萎落。因為，詩人，也是一位平凡的「凡人」。——所以我乾脆承認此生被「詩」困在孤獨中。所以，從事詩的創作六十年來，我仍創作不輟。——

我是一位詩的「等待主義」者。

二〇一三年初夏

DO詩人001　PG1054

# 驀然發現

## ——碧果詩集

作　　者／碧　果
責任編輯／黃姣潔
圖文排版／詹凱倫
封面設計／王嵩賀

出版策劃／獨立作家
發 行 人／宋政坤
法律顧問／毛國樑　律師
製作發行／秀威資訊科技股份有限公司
地址：114 台北市內湖區瑞光路76巷65號1樓
電話：+886-2-2796-3638　傳真：+886-2-2796-1377
服務信箱：service@showwe.com.tw
展售門市／國家書店【松江門市】
地址：104 台北市中山區松江路209號1樓
電話：+886-2-2518-0207　傳真：+886-2-2518-0778
網路訂購／秀威網路書店：https://store.showwe.tw
國家網路書店：https://www.govbooks.com.tw

出版日期／2013年9月　BOD一版　定價／260元

|獨立|作家|
Independent Author
寫自己的故事，唱自己的歌

驀然發現：碧果詩集 / 碧果著 -- 一版. -- 臺北市：獨
立作家, 2013.09
面；　公分. -- (DO詩人；PG1054)
BOD版
ISBN　978-986-89853-0-8 (平裝)

851.486　　　　102015941

國家圖書館出版品預行編目

# 讀者回函卡

感謝您購買本書，為提升服務品質，請填妥以下資料，將讀者回函卡直接寄回或傳真本公司，收到您的寶貴意見後，我們會收藏記錄及檢討，謝謝！
如您需要了解本公司最新出版書目、購書優惠或企劃活動，歡迎您上網查詢或下載相關資料：http:// www.showwe.com.tw

您購買的書名：________________________________

出生日期：________年________月________日

學歷：□高中（含）以下　□大專　□研究所（含）以上

職業：□製造業　□金融業　□資訊業　□軍警　□傳播業　□自由業
　　　□服務業　□公務員　□教職　□學生　□家管　□其它_____

購書地點：□網路書店　□實體書店　□書展　□郵購　□贈閱　□其他

您從何得知本書的消息？
　□網路書店　□實體書店　□網路搜尋　□電子報　□書訊　□雜誌
　□傳播媒體　□親友推薦　□網站推薦　□部落格　□其他__________

您對本書的評價：（請填代號　1.非常滿意　2.滿意　3.尚可　4.再改進）
　封面設計____　版面編排____　內容____　文／譯筆____　價格____

讀完書後您覺得：
　□很有收穫　□有收穫　□收穫不多　□沒收穫

對我們的建議：________________________________

________________________________________

________________________________________

________________________________________

請貼
郵票

11466
台北市內湖區瑞光路76巷65號1樓
**獨立作家讀者服務部** 收

(請沿線對折寄回，謝謝！)

姓　　名：＿＿＿＿＿＿＿＿　年齡：＿＿＿＿　性別：□女　□男

郵遞區號：□□□□□

地　　址：＿＿＿＿＿＿＿＿＿＿＿＿＿＿＿＿＿＿

聯絡電話：(日)＿＿＿＿＿＿＿＿＿＿　(夜)＿＿＿＿＿＿＿＿＿＿

E-mail：＿＿＿＿＿＿＿＿＿＿＿＿＿＿＿＿＿＿